閾、奥三河の花祭

紫 圭子

思潮社

閾、奥三河の花祭

紫 圭子

思潮社

目次

Ⅰ　花（神楽

Ⅱ 颪（鎮魂

写真＝新田義人、装幀＝思潮社装幀室

Ⅰ　花（神楽

花祭

ここでは
水を王と呼び　（水王様《みずのうさま》
ここでは
火を王と呼び　（火王様《ひのうさま》
からだをめぐる血を花と呼んだ
五穀の花だ
水と火のめぐりは花のめぐり
つなぎあえば流れる姿
テーホへ！

天龍川の腹
に　すっぽりつつまれた振草川《ふりくさ》　大入川《おおにゅう》
水
天に昇れば
湧き立つ雲の龍
地に降れば
雨　霰　雪
ひとしずく
かさなりあえば川から海へ
かさなりあえば空がひろがる
雲間から射すひとすじの陽光にのって
鬼に化身した神が降りてくる
テーホへ！　テホへ！

お玉

狐が顔をだす草深い山の斜面を登っていく
このミチは生臭い息を吐いて人をつつむ獣道
風に薙ぎ倒された金茶色の草のなか
黒塗りの衣装箱背負って
竹杖ついて登っていく里の舞い手の年老いた腰を見ながら
わたくしの背は
木漏れ日に照らされて
ちいさな狐のお玉を背負っていた

（お玉はかわいいのん
うしろの婆さまが背を撫でてくれる
背中のお玉は眠い眼を開けて婆さまの手を舐めている

（にゃんこもお玉もそれはそれはかわいいぞん
（たぬこもわんこもかわいいぞん
（鳥んぼもばんどりも　白山のてんとうさまの真ん前で舞っとるがね
（向こうとこっちを行き来できるながあい橋がおりてくるんだわ
（それはそれはかわいいぞん

橋もかわいい
いきものだから

わたくしの背で木漏れ日が跳ねた

うしろの婆さまは姉《あね》さまになって
そのまたうしろの姉さまは妹《いも》さまになって
白山を登りつづけた
木漏れ日に焼かれつづけて
前を行く黒塗りの衣装箱を背負った若者の腰を眺めていた
(衣装箱もかわいいぞん
衣装箱が笑った
衣装箱が口を開けるとお玉の舞いの白い小袖がひらりひらりほほえんだ
(地下足袋もそれはそれはかわいいぞん
地下足袋はあわてて走りだした
黒い地下足袋赤い地下足袋　山の斜面を駆け抜けて
白山のてっぺんでぴたっと止まった

妹の力　姉の力に山が燃えて

ひとすじの橋が社にかかった

わたくしの背にお玉がもぐりこむ
お玉の舞いに
笛や太鼓は波打った
生まれ清まりの白い小袖は天と地につながった
ここは死者と生者の行き来する渦の結び目
白い橋はばんどりの飛び移る樹幹にはりめぐらした蜘蛛の糸橋のよう

しずしずと
わたくしは社殿に額ずく
ちいさなお玉箱を頭上にささげて　左右を見渡し
舞いの手を光らせた
箱は億年の光

だれも見てはいけないお玉はいのちの玉
お玉は濡れるいのちの玉

（お玉もにゃんこもかわいいぞん
（たぬこもわんこもかわいいぞん
（鳥んぼもばんどりもかわいいぞん
（稲穂はそれはそれはかわいいぞん

姉さま　妹さま　兄さまとわたくしのお玉は億年のなかのひと日
木漏れ日に照らされた晩秋のひと日
花は
わたくしの背に埋まっているきつねいろのお玉でございます

＊ ばんどり　奥三河でムササビをいう。

＊白山神社のお玉（御珠《おたま》）の舞いが済むと花祭が始まる。「権現の舞」のなかで、三宝の「御珠の舞」が舞われる。玉＝珠。箱に入っている玉（珠）はだれも見たことがない。

舞踏・うた

風の川をのぼっていく
と
川は
起伏する山脈をひとすじに貫いて
樹木みたいにのびきった枝先に
あかい水たまりをつくっていた

水たまりに顔をうつして
こっちをのぞく鳥の子を知ってるよ

鳥は水たまりのずっと底のほうを翔んでいるんだ
わたしが呼ぶと
四辻の肉屋の屋根まで水しぶきをとばして
深い空へとびあがるんだ

あかい水をわたしの眸にひっかけて鳥は鳥の目の距離とわたしの目の距離の接点からじっとこっちをのぞいていたんだ。じっと引手をねらっていたんだ。あかい目になったわたしは急に水が透きとおって渦巻いて稲光ってきたのをうっとりみていた。そうだ、あのとき水は血をふりしぼって腹から透けて鳥といっしょに水底の空をつきぬけようとしていたんだ。

わたしは陽にぬれて
銀いろにうねる川を眺めた

両手を風切羽のかたちにひろげると
皮膚が枝分かれした血脈にあおく犯されていく

地を踏み鳴らして
鳥を呼んだ
鈴をふると
目から鈴がはばたくので
わたしの目は鳥になる
鳥は翔びつづけて点になるんだって
空のまんなかで点になって土を抱いてわたしをまさぐりにくる、ぬるりと
鳥跳び
ゆめ跳びでゆめ押して汗跳びでらりらり匂ってくる
おとこの背中を焦がすんだ
センブリで背ぼねをさすると千回にがくなるよ

鳥になるゆびであしたをひねりだす
千回さすってよ　センブリを背に貼りつけてよ　つばさみたいに
やわらかいのはくるしい
くるしい盆の窪を盆地のなかを湯気がたつまできょうをころがす
分水嶺をころがる目
が痛い
（あいしている）
つるぎの切先を左手でさげ
地を踏み鳴らす
幾層もの空をはばたいて越えてゆく
わたしは裸足で
いのちだけで
鳥を呼んだ

鬼ひめ

月を割った
だれもいなくなった
山を割って
鉞を抱いてころげた
男のあかい顔
山見のあかい顔
山を割り地を割り
ぬめった足もとに咲く粟の花稗の花豆の花
の　谷から

ひとすじの風がたちのぼってゆれている
風は山見鬼の血の顔を撫でて血の山脈を吹きぬけて
血に割れた土地のつめたい水をよびおこす

水のみえる土地を
わたしはあるいた
黙って
水が
わたしをしめころしにくるときを喉の奥で待っていた
喉は陽炎みたいにゆれていた
こおりつくゆびさきで胸をさすると
桃いろの乳首が固くふくらんできて
暗い火のみちに水の影がにじんだ

花は咲くだろうか
鬼姫の花笛をにぎりしめる
わたしの足裏に山見の割った血の土がくろぐろと甦って
喉を刺す

水のにおう土地
喉を刺されたまんま
風になる

みるめ

わたしは
みている
鳥になった少年が踊りでるのを
足ぶみしながら
わたしはみている
テーホヘ　テーホヘッと
煮えたぎる大釜の下の炎
湯蓋
湯けむりにかすむ舞戸のもやをふりはらい

剣《つるぎ》と鈴を手に羽をひろげて
少年が狂いでた
紺染めの衣装の背で純白の鳥が羽をひろげる
地固めの舞い
を舞う少年の軽やかな足もとに
銀いろにうねる天龍川の水たちのぼり　振草川の水たちのぼり
禊のはま水が煮えたぎって
わらじの足元から
緊張に青ざめた股間を割って
剣をふりかざす手をねっとりと汗ばませる
みられている
魅入られている
少年は

花の夜に
純白の鳥と目合って鳥になる
　……しきしまの大和恋しみ白鳥の……
あ
日本武尊が寒空の下に横たわる山脈の稜線から天龍の川波にのって
花祭の夜の聖域にしのびこんだのか
（はたまたマレビトか

じりじりと
少年は視線にあぶられている
汗をぬぐって舞う
舞いとびながら
剣の手で額の汗をぬぐう
瞬間

剣の白刃が顔を映した
剣は鏡だ
鏡の剣に映るその首

みるめ
の
手が
しなやかな股間にすべりこむ
少年
の
花首、ひとつ落つ

剣に汗したたらせて
地固めの反閇を踏む鳥は

もう
あたらしいぞ
粟、稗、豆、五穀の種を花の舞いの稚児に渡そうとふりむく
と
みるめの声が降ってくる
〈まだ、まだ、早いわねぇ

わたしはみている
脱皮する少年を　触角をふるわせる少年を
うっすらと湯けむりに汗にじませて
愛《かな》しく囃したてながら
テーホへ　テーホへ　テロレー　テロレー

わたしはみている

だれも見たことのないご神体を
だれもけっして口にしてはならない言葉
みるめ　こそ
鏡の底ふかく棲む魔である
光る口　のみこむ口
光の淵から湧き出るもの　水　泉
遠い母の森羅万象にゆれる光《こころ》を
笛や太鼓で打ち鳴らし
花神楽にひそむ
母系の血　一滴隠して
ここに
みるめ
が
立っている

＊みるめ　奥三河、愛知県北設楽郡東栄町周辺に鎌倉時代から現在のかたちで伝承されてきた花祭の神（ご神体）。みるめ（見る目）ときるめ（切る目）。

＊舞戸　花宿の舞の庭。

＊湯蓋　舞戸の上に飾られる紙を切って作った天蓋のようなもの。

＊はま水（はまみず）　滝で禊の儀式をして、そこの水をはまみずと呼び、舞戸の大釜に移し入れる。

夢境

煮えくりかえって
湯釜の湯
混ざりあって
川をのみこんだ
海をのみこんだ
水
もう見分けることのできない真夜中
が　煮えている
青かったものの気配を海に還して　空に還して

耳を澄ます
と　黄を帯びて迫ってくる川津波の轟き
（塞ぎ戸の石は転げおちた
混ざりあって　溶けあって
湯釜の淵は
ヨモツヒラサカ　ヒラサカヨモツ
テーホヘ　テロヘ
境はぬけた
塞ぎ戸の石はぬけ落ちた
月みたいな穴が開いたよ
ぱっくり開いた黄泉の水が煮えたぎる
泡ぶくたって青は黄になり
塞ぎ戸の石は諏訪の湖に沈んだままよ

諏訪の池みなそこ照らすこだま石
袖もぬらさでこぐちゑをかく

天龍川の源は諏訪の湖
源の流れにのって天にのぼったものを神降しする
ひとの声はゆれて　ぶれて　かぶれて
こだまする石　踊る石
の声、聴き、声聴き
地固め舞う青年の右手は鈴の手　左手はやちごまの手
木剣のやちごまが剣の手に変わる一瞬
青年は血滾らせて悠々　地を踏み鳴らす
未来へ足あげ
空へ足あげ
地へ足あげ

さわさわと空を斬る
青年の
背に白鳥、　墜落す

諏訪のかたびら蛇のかたびら青年のゆかたびら
諏訪の帷子蛇の帷子舞子の湯帷子
（蛇の帷子ふところに入れて舞うと神通力がつくそうな

みなそこ照らすこだま石
てんくう照らすこだま石
ぱっくり開いた境の穴から這いだすものの気配
笑いころげる祖霊さま
テッテンテンテンテンテーロレ　テーロレ
今宵

気配に仕切られた舞戸に
一力花の立願さざめいて
湯釜の熱湯
全身にふりかかる

＊諏訪の池…　奥三河の花祭、振草系うたぐら。
＊一力花（いちりきばな）、立願（立願奉納）。

榊鬼

鉞を地にふりおろす
土を清めて
ドスンと反閇を踏む
と　自然に首がまわって
大きな鬼がふくらんでいく

見渡す盆地
見渡す峰
みんなふくらんで

湯釜の湯けむりのなか
深夜の赤鬼
ぐるりと首をまわして
鬼面と顔のすきまの黄泉をのぞく
赤いプロテクターの上にしっかりと嵌まりこんだ榊の顔

テーホへ！　テーホへ、テホへ！

笛　太鼓の囃子に
青年は仮面の重さを忘れる
重さを忘れて　幾百年
神憑りした舞いの先に鬼面と顔の境は溶けて
軽やかに発光する身体
青年は鼻翼の孔からこちらをのぞく

こちらはむこう
むこうはこちら
榊鬼
垂れた鼻はリンガム
鼻翼は翔ぶ種の袋
鉞を両手でかざすと舞いあがった
種は禾を割って芽ぶきだす

（ようこそ、山の神さま

＊榊鬼（さかきおに）は花祭の主役鬼。

鎮め

金目
まんまるい目ん玉　の　うろ
虚から見つめられると　むこうへ
すっと血の気が引いてしまう
五方を見渡す鎮めの面の花太夫の眼は龍王になる
おおきくなってひろびろと川さえくるんで点となる
逆足　さかあし　右足は左足　左足は右足で　こちらはむこう
九字を踏んで五印を結ぶ
どっすん

こちらへむけた右手の人差し指と中指は小刻みにふるえて宙をたゆたう
どっすん
へんばい　へんべを踏む

一月の凍てた神部屋に
しろくけむってたゆたうもののけ　物の怪　ものの毛
金目の虚の奥深く　冷気に紛れた鬼を鎮めて
結んだ印を解き隠す

天と地は溶けて
どっすん
鎮めの面はへんべを踏む
あかい口をゆがめて一文字にいのちを結ぶ
舞戸のどよめきはあかい裏舞戸にぶつかって割れたままだ

朝
障子にうつる木の影
神部屋と舞戸を結ぶ気の流れ
（神さまは三度祝福を与えるために鬼となって現れるのでございます）

鉞をふりおろして山を割る山見鬼
榊は精霊の木　よりしろの木　言葉を伝える木
榊鬼はへんべを踏む
大地を踏んで地霊を封じる
地ひびきたてて巻きあがった渦に
茂吉鬼がのってくる
茂吉鬼は大国主命だ

（触って　さわって　戻っておいでよ　隠岐の神楽を見せたいと言
ったまま　むこうにいって戻ってこない出雲の国のミチコ姉よ　茂
吉鬼にさわって戻っておいでよ）

舞戸の湯けむりに
鬼と人　天と地　溶けて唸って地をつきあげて

鎮めの舞いの太刀
神々の興奮を鎮めて御座にかえす
鎮めの仮面
木が顔なのか　顔が木なのか
境の言葉を待つ背に
まわる

この世とあの世のつなぎめの朝

＊鎮めは火王《ひのう》（イザナギ）、水王《みずのう》（イザナミ）の二人で舞うところもある。

舞い習い

桜の枝が幾重にも垂れて
背丈よりも低い花トンネルをつくっていた
花祭のおわった隠れ里
花盛りの夕暮れ
はなびらがびっしりと空間を這っている
こっちは中設楽
あっちは月
花懐を両手でつかむ
みしっと撓む音

桜のうえにも湯蓋があって
天蓋がひらいた
桜いろの
湯蓋の紙の切り草　垂れて
うっとりと溜息まじりの声をだせば
湯蓋のうえには
いざよい
十六夜の月
桜に顔を埋めると青くさいくだもののにおいがして
嗅覚が尖ってくる
尖って透きとおるものは
嗅覚から内耳へとのびていく
だんだんと
尖ってくる音　三角波

おわってもひびいてくる
笛　太鼓
細長い花のみちで
阿吽の呼吸をととのえる
音は舞って
空間をひろげるようにして
空間を破っていくのだった
（鼓膜は破れても再生するかのん）
三角波はみえない刃物
袷の懐に米菓子しのばせて桜のなかで翳っていた
はなびらみたいにふっくらと
あの娘は花巫女、いいえ、テーホへ！　音を返せば美少年
少女仮面は
破った音を吸いこんだ

吐くために
三つめの桜トンネルをぬけていく
ゆるやかな
山の斜面に
ひらりと立った
尖った音の先は三月うさぎの耳のなか
少女仮面の破った音を吸いこんだ
三月うさぎは発情する
三月うさぎは狂い跳ぶ
(あっち跳べ　こっち跳べ)
(テンテンテンテン　テーホへ！)
三月、四月
(春がくりゃ、すぐ冬だ)
(舞い習いだ　舞え　舞え)

花を引きだす熟練の男のひろげた手
美しい少年はひらり袖をひろげて宙に舞う
くるりとひるがえって
足を地につけた拍子にすべって
斜面をころげ落ちた
夕空がひっくりかえった
十六夜
少年の名を呼んで
男が斜面をすべっていく

＊切り草　五方位を現す五色の紙を切って天蓋を作る作業をいう。「そえ花」や「びゃっけ」など。

椿

「あした法事があるのです」
庭の飛び石に下駄をとられて素足のまま
発した言葉の先でめくれあがってくるあした
昨夜の雨粒をのせてあかい椿は反りかえり
雄蕊を小花みたいにふるわせる

わたくしの声が　ころげた下駄の音が
空気を振動させて
椿につきあたって

この朝をゆすっている
紬の裾をあわせて立ちつくす、わたくし

さっき放った声も下駄の音も
つきあたった椿の奥の水琴窟にひそんでいる
あしたが捲れあがると
きょうは水琴窟の日にゆれる
落ちる水を銀いろに鳴りひびかせて椿、澄む
椿に棲む
子守唄
死ぬことのかなわぬ女が死んだ子をあやしつづけて
列島を南から北へと巡礼する
椿の種を蒔きつづけて不死身となったうつくしい八百比丘尼よ

死んだわが子の供養に椿を蒔いて
あかい椿の縁に彼岸と此岸の通し孔をみたのか
わが子と重ね映しに身を入れ替えたのか
死ねない苦しみに花は首折れる
ぽとり、首折れて首折れたその上に首折れてかさなり
池の水面を花首で満たす
庭池は地下で川につながり
川と池の境には水琴窟の古びた甕が埋まっている
甕を抱くように椿の根が絡まり
甕の下をくぐって池水は川にかさなり交接する
川を遡ってゆくと
花神楽の盆地につきあたるのだった

うつくしい八百歳の比丘尼よ、めぐりくる花祭の結びに

わが子に一力花、幸の立願を奉納しよう　舞子の背にも
わが子の姿映して　扇の手　やちごまの手　剣の手そめ
あしたをめくって　狂い舞い舞い

一枝、椿を切る
水盤の水、清らに

あした法事があるのです

Ⅱ　風（鎮魂

鎮魂歌

雲間から射すひとすじの光が
しろつめ草のうえに横たわる白い犬の喉をさすっていた
喘ぎ喘ぎ
おまえは腹をおおきく波打たせせた
おまえは
おまえの体を構成していた無数の細胞と
はじめてほほえみあった
無数のいのちとともにある愛《かな》しさ
ゆっくりと離脱する眼は

宇宙の静寂をのみこんでぬれている
水のめぐりのように
張りつめていたものがおおきくほどけて
足がこんなに冷たい
おまえは
うっとりと口を開けて
はじまりもおわりもない
海原をとおりぬける
とおりぬけるたびに
おまえが育てたシャム猫四匹の宇宙がおまえを照らしだす
おまえを抱いて
わたしは
めぐる宇宙の律動を聴いている

翠雲

青葉が円窓《まるまど》の縁《へり》をゆっくり撫でて
雨がふる
円窓の障子が雨音を吸いこんで
吐く息をひろげていく
深く吸いこんだものは
ゆっくりと吐くことで溶けた水分を光らせる
わたくしの背骨のなかに雨がふる
五月
雨は青葉の受け皿をゆすり

十二月
雪は円窓の月に溶ける
坐りつづけて
胸の裏側
背骨の縁を研ぎ澄ましたわたくしが
吸われようと
待ちうける青葉のひとゆれを静止させたとしても
そのひとゆれは万緑の縁にさやぎたつのだ
さやぎたつ翠が喉をふるわせて
わたくしを吸っている
吸われて吐く
きりたつような
そよぎの極みに染まっている
吸われて明度を増す円窓の芯に

わたくしの脳脊髄軸がひっかかって
骨の脳髄《なずき》
脊髄に火が通る　朝
脊柱の横断面に蝶の形をとどめてゆく

髄は埴《はに》いろ
赤みがかった黄土色だった

三月。母の焼けた背骨を砕いて拾った。眸にしみこんだ髄の埴いろ。砕けるときのかすかな摩擦音にのってめぐってくる髄液が　わたくしの脊髄中枢を吸いこむ。眸の虹彩が調節した光の色にわたくしはふるえた。埴の色は光によって地上で仕舞われる瞬間の法悦と崩壊をとどめた色だった。あなたもわたくしも　ここにあるものは　この惑星にとどいた光の乱舞……

円窓に
翠雲たつ　朝
みどりの風に
わたくしの背骨の縁がかすかにゆれる

発つ

まなかい
目交をつき破る
赤
風景が垂れさがってきて
目交をふさいだ

空から垂れさがってくるのは海だ
赤い海
海が
ふいに裏返る初夏

幼年の日の顔で炎える弟
さむいおとうと
にっと笑って頭蓋をはずした
その先につづく海は頭蓋の皿に吸いこまれた
血の皿

（そこに何をのせよう
（そこに李をひとつ　真っ赤に熟れた李をひとつ
（そこには青い李をひとつ　さむい李をひとつ

そのとき
ビクッとふるえて目交を見渡す弟
起きあがり
うっーと叫んで膝を折り

頭から炎えた
境の扉
斎場の
炉が開くと
しろい頭蓋が現れた
割れた頭蓋の内側に青い血がひとすじ垂れている

白い器
頭蓋
いくすじものひび割れ

初夏の器

（青い李を盛って白い器を冷やしてあげよう

蜘蛛膜の下には深い天の八衢が通る
水先案内人
猿田彦よ
血の房をかきわけかきわけて
はるかな八衢の澪を遡ってよ

この初夏の浦から
きみは発つ
羅針盤はきみの頭蓋だ
もう引きとめはしない
海鳴りを封じた
わたくしの耳に
ちいさな法螺貝が棲みついた

閾

上澄み
を
掬ったような、朝の庭
金木犀
散り敷く透きとおった空間、めがけて
黄
の
蝶
ゆらゆら、西の垣根から朝の気配、吸い込んで

身
麻の紐、軽やかに解き放って
わたくしのゆれ、ぶれを吸い込む

蝶蝶
と
呟く
と
秋だった
窓
障子の桟、段段と、ほの明るい、段段をわたる羽根
白夜を越した朝、笹は濃く、空間を縦にととのえて
障子の横、障子の内

蝶を映し、群れさせる

（黄蝶よーい　（おばばよーい　　……福岡の村田喜代子みたいによんでみる

（それは、なんな?　　　……伊勢の叔母は、なんな?　といった

（黄蝶よーい　（あなたよーい

（あなたよーい　夫よーい　六十兆の体細胞よーい

閾

は

息

域

眼を凝らす

と
閾の抜け穴から
朝の庭へ
つむじ風、たつ
六十兆
の
蝶蝶
蝶蝶
蝶蝶

はちかずき、と、かげ、のすきまに緑萌え

反転
もどってくるつやつやした明日
ぬめった蛍光色の藍、陽が射すと金緑の背がふくらむ
と
影からぬけおちたのは陽だけではない
踏まれては切る一瞬感応の体感、惑星のめぐりのままに
血の噴きだす生を胴に逆流させて
と、かげ、はしる　と、影さして
尾は跳ねあがって　と、陰のぐるりの円光にはしる

ぬめった金緑の胴の一文字
そのすきまに緑萌え（はちかずきの鉢が割れ
陽が　かげ、る
と
尾は藍に向きあう（I　am　アイ　愛
切った　と、かげ　と、影　螺旋にとびはねる蜥蜴の切った尾
放つ尾
つやつやした明日をつれてくる（明日の尾は萌黄色だよ

（尾の細胞の数って胴の細胞と比例するんだよね
（わたしという細胞は六十兆あるんだ
（わたしのなかの六十兆の人々、おはよう！

胴と尾の接触部分の裏の

生殖器がもう腫れあがって（晴れあがって（おはよう！（生えたよ、尾
尾はぬけ道のように　と、陰の円光をめぐっている

すっぽり被ったはちかずきの鉢の模様
と、影　と、陰　睦びあった
わたしは鉢と尾の娘だ

塩

塩の耳が兎みたいにつきでていたら
耳のなかに日の出前の声をつめこんで
耳をふたつに折り曲げて糸で封印しておけばいい

（耳明けの朝は眩しすぎるフォトンが降って
（聴いたことのない音がひびくよ
（耳に籠っていた声がその空間の音とぶつかって混ざりあうよ

海底の藻

くぐってくる塩の声
声明かりにのって　日と月をつれてくる
明の音

陽はサーラサーラ
粒子の光　塩降るフォトン
そこに入る日
発光してゆく　陽、日、の二十四時間、を、両手にうけて

月はルーラルーラ
月の塩壺は満ちて　満月
引っぱられて海は傾く　塩光りする身体
生まれる前の　波、月、の二十四・八時間　気配のとき
（月見草を待つ

塩水を口にふくむ
からだをながれる水と塩の声がふいに混ざりあった
体内
の
太陽塩
月塩
を　呼ぶ
声明かり
血のめぐりの奥に塩の玄室がみえる
(玄室に遠い記憶の粒子飛び交って
塩の耳に籠っていた声
あたらしい濃い光にぶつかって混ざりあうとき

わたくしの耳、眼、声、からだ、もっと、もっと、るりっと光る
耳明けの朝はちかい

塩の声

耳を澄ませて
波音を聴いている
その瞬間の心音を

億年を轟かせて
日々は白く波間に横たわる
海に連なる山々が幾重にもかさなって
八重垣
中腹はかすんで稜線はうすむらさきに波打ち

（嗚呼、古事記の風景をみているようだ）

それは
稜線であるのか
湧き立つ雲であるのか
ここからは見境もなく
轟く　億年は

八重垣つくる億年の男
陽にぬれて日輪のなかへ溶けこむと
日輪のなかは透きとおった
きらきら　輝く粒子の意識に染まって
男の両腕はのびつづけた

かたちのないものを抱きしめようとのびつづけた
やがて　のびて撓んだ
男のからだの傷口から辛い水が噴きあがった
血の混ざった塩水だった
傷口から地上に降らせる塩水
塩のみちすじをつける男のあかい額が轟く
波音のように　心音は寄せては返し
沈む陽
女は抱かれて泣きながら遠い日々をくだる
塩は始まり　塩は産土
まわる　まわる
妻
八重垣　崩れ　雲は流れ　ふたたびみたび八重垣つんで
塩の花の咲く地を歩いた

妻隠《つまこも》る地上は塩の谷のはずれ
満月に引かれて
きょう
億年を轟かせた男を呑みこんで
わたくしとなった妻は海に隠る
塩隠る

(海の腹には蛍が光っている
(背骨には龍が絡んでいる

波の轟きにぶつかる塩の声に耳を澄ますと
辺りは水深一センチの塩原と化して
鏡の上を滑るように

男がかえってくる

Solt Rengeという塩山から帰ったひとから手紙が届いた。塩の山に入っていくときトロッコに乗ってトンネルに入っていくのだという。トロッコを降りて五分ほど歩くと塩の固まりでできた塔やちいさな建物にであう。塩は電気を当てると色とりどりに輝くそうだ。けれど基本の色は茶色だとそのひとは言った。

茶色？とわたくしは呟いた。電気を当てると基本の色は沈んでしまうのだろうか。基本の色を消して隠る塩たち。電気から身を護るために浴びた光を乱反射させるのだろうか。塩の柱の窪み　凹凸に乱反射する色のことをおもってわたくしは立体の裏に射す光背のような粒子を呼ぶ。白ではなく茶色であることになぜかほっとしながら。トロッコに乗ってトンネルをくぐると塩の山。トンネルはつなぎめの喉である。土と塩のつなぎめ。白と茶のつなぎめ。海原に似たひろがり。塩原の茶色の塩水は日が経てば白になる。塩山の塩は岩塩や微生物の億年を砕いて吸って茶色の濁りをとどめたのだろうか。
(後ろをふり返ったばかりに塩の柱になったロトの妻は何色の塩の柱になったのだろう。旧約聖書は記さなかった。色のことを)。

光を当てると
七色に変化する塩
塩原
海原
陽に染まっては
月に引かれて波の心音は轟く
塩原に降った雨の水深一センチの鏡面をすべってくる男
ハレ　ハレ　晴
空に映る逆さの億年を　逆さの風景を

塩に結わえて
きょう
わたくしという妻にあいにくる

＊パキスタンの塩山（ソルト・レンジ）から帰ったひとの手紙　寺西貞子さん。

種子

初夏
レモンを垂らした水を飲む
喉の粘膜をひらいておちつづける黄水晶の
一滴　一滴
つなぎあえば水は気となり　落ちゆく先で
わたくしの細胞の隅々を照らしだす
黄水晶の水
なめらかにすべってゆくその先をたどる
波音もたてずにすべってゆくその先をたどる

血脈の枝分かれした川の先
気のたまり場
毛細血管のどんづまりに桃花源はあった
そこはみえない種子の発芽する場所だ

わたくしの隠しもつ種子
（オーストラリア、ダーウィンの種子は禾の長さ十センチ）
（ラオス、メコン川の種子は禾の長さ二センチ）
長い禾の尾
古代の土の色はあかく澄んでいたか
種子は地中を泳ぐ精子
あかい土につつまれる

陽は垂れさがり

月は澄み

わたくしの桃花源のなかで発芽する
気の野生稲の種子たち
わたくしと風にのって川遡り
五穀の花咲く鬼の隠れ里であかい土と睦びあう
初夏

あとがき

私は花祭の里、愛知県奥三河への入り口に当たる豊川市に住んでいる。北設楽郡《きたしたらぐん》東栄《とうえい》町《ちょう》、豊根村《とよねむら》、設楽町《したらちょう》では、毎年十一月の終わり頃から各地域で三月初めまで夜を徹して舞う花祭が行われる。花神楽とも呼ぶ花祭は舞いと神事が中心である。修験者が伝えた湯立神楽。五穀豊穣を神に祈願して歌舞を舞い、一力花の立願奉納、悪魔祓いの神事も行う。深夜、神が化身した山見鬼、榊鬼がへんべ（反閇）を踏むとテーホヘ！の大合唱となる。榊鬼はへんべを踏んで祭りを寿ぐ。朝、茂吉鬼が祝福に現れ、鎮めの花太夫が神々を御座にかえすと、一切は清められて祭りは終わる。

新城市出身の民俗学者早川孝太郎が昭和五年四月、渋沢敬三の援助で岡書院より大著『花祭』三百部を刊行してから今春で八十年目を迎える。早川孝太郎と同郷の奥三河書房主の勧めもあって書きつづけた花祭の作品である。この詩集は私のなかの女人花祭でもある。

出版に当たり、適切な助言をいただいた思潮社編集部の藤井一乃様、装幀の和泉紗理様、そして、小田久郎様にこころより感謝を申しあげます。

二〇一〇年一月

豊川市の自宅にて　紫　圭子

閾《しきみ》、奥三河《おくみかわ》の花祭《はなまつり》

著者
紫《むらさき》　圭子《けいこ》
発行者
小田久郎
発行所
株式会社思潮社
〒一六二―〇八四二　東京都新宿区市谷砂土原町三―十五
電話〇三（三二六七）八一五三（営業）・八一四一（編集）
印刷
創栄図書印刷株式会社
製本
誠製本株式会社
発行日
二〇一〇年四月三十日